KB070695

당신인 줄 알았습니다

당신인 줄 알았습니다

1판 1쇄 발행 2021년 1월 1일

저자 최상만
펴낸이 최상만
펴낸곳 방촌문학사

표지 최린아   편집 홍새솔   교정 윤혜원

주소 강원도 원주시 소초면 교항공산길 21-10
이메일 dhdspm@korea.kr

제작 하움출판사   홈페이지 haum.kr

ISBN 979-11-89136-10-9 (03800)

이 도서의 국립중앙도서관 출판예정도서목록(CIP)은 서지정보유통지원시스템 홈페이지(http://seoji.nl.go.kr)와
국가자료종합목록 구축시스템(http://kolis-net.nl.go.kr)에서 이용하실 수 있습니다. (CIP제어번호 : CIP2020054172)

당신인 줄 알았습니다

최상문 시집

방촌문학사

작가의 말

　가슴에 떨림이 없는 사람이 시를 쓰면 그 시가 독자들에게 울림을 줄 수 있을까. 또한 시를 쓴다고 쓴 것이 시가 되지 못하는 것은 아닐까. 시가 읽히지 않는 시대에 시를 쓰는 이유는 무엇인가.

　수없이 반추해 본 말들이다.

　여전히 계절은 바뀌고, 시간은 언제나처럼 흘러간다. 그것처럼 가슴에 울림을 주는 시 하나를 건져 올리려는 작업은 멈출 수 없다. 잔잔한 호수에 던져진 작은 조약돌처럼 작은 물결을 만들며 호수 속에 잠기고 싶다.

　이제 시는 저 혼자 여행을 떠날 것이다. 그러다 어느 길모퉁이에서 이름 모를 꽃도 만나고, 시냇물에 손도 담글 것이다. 그러다 가슴 저린 사연이 되고, 오랜 울림으로 여운이 될지도 모를 일이다. 시인은 그런 바람 하나로 홀로 걸어가는 존재가 아닐까.

　여전히 세상의 물상들이 말을 걸어온다. 물상이 하는 말은 곧 울림이 되고 시가 된다. 그들의 언어를 제대로 옮기지 못했을지 모른다는 두려움 속에 시를 세상에 내보내는 일은 언제나 부끄럽다. 언제쯤 나만의 언어가 문학이 되고, 예술이 될 수 있을지.

　오늘도 떠나가는 부끄러움을 향해 손을 흔든다.

2020. 12. 31.

최 상 만

목차

흐르는 물은 뒤를
돌아보지 않는다

꽃잎에 상처를 주는 것이
바람만이겠는가

그곳에 당신이 있어 견딜 수 있어요

물결이 **은비늘**처럼 반짝이는 날은
조약돌처럼 물 위를 **통통**거리며

너에게 가고 싶지

가을의 기도

또 단풍이 물들었습니다.
남은 엄마의 가을을
헤아려 봅니다.

이번 가을에는
분이 뽀얀 감자를 쪄 드려야겠어요.
하얀 겨울에 드실
노란 감국차도 준비해야겠어요.

단풍 때문에 내 눈에도
붉디붉게
물이 들었습니다.

―
어머니

생각만으로도 가슴속에
별이 되는 이름
지상의 언어로는
표현할 수 없는 그 이름
어머니
평생토록 정화수에
눈물 꽃 피우시더니
시간이 흘러도 애절한 그 마음
장독대 위에 남아
오가는 사람들
두 손 모으게 하네

어쩌란 말이냐

추억을 펼치면
네가 가장 먼저 펼쳐지는 걸

좋은 걸 보면
네가 가장 먼저 주고 싶은 걸

아침에 눈 뜨면
네가 가장 먼저 보고 싶은 걸

별처럼 밤새도록 잠들지 못하는 걸
그런 걸 어쩌란 말이냐

—
당신 3

언제부턴가
나를 세워준 바지랑대는 당신이었습니다.
흔들릴 때마다
빨랫줄 받쳐 주는 바지랑대처럼

방황과 번뇌와
기울어지던 나약함을
흔들리던 사랑을
견디도록 잡아준 당신

기둥을 지탱하는 주춧돌처럼
언제부턴가
나를 지탱해 준 것은
당신의 기다림이었습니다.

나를 세워준 바지랑대는
말 없는 눈빛이었습니다.

—
물수제비

물수제비 뜨면
조약돌은 몇 번이고 물결 박차고 튀어 오르지.
조약돌 지나간 자리마다
물수제비는 잘랑잘랑 물결로 퍼지지.
조약돌처럼 물수제비 그리며
튀어 오르고 싶은 날은 잔잔한 호숫가로 가지.
물수제비 뜨는 날은
손이 예뻤던 소녀를 생각하지.
하늘이 파란 날은
동동거리며 너에게 가고 싶지.
작은 조약돌 하나도 잔잔한 수면 위에
낭창낭창 물수제비 그리는데
물결이 은비늘처럼 반짝이는 날은
조약돌처럼 물 위를 통통거리며
너에게 가고 싶지.

엄마의 정원

윗집에서 얻어온 천년초가 노랗게 꽃을 피웠다. 아랫집에서 버려진 칸나도 다알리아도, 호야도 한 귀퉁이에 자리를 잡았다. 누군가 화분째 버린 행운목도 한쪽 가지에서 잎을 틔운 수레국화도 엄마의 손길에 꽃 피고 진다. 언제부턴가 범부채도 슬그머니 꽃대를 올렸다.

이름 모를 꽃들도 엄마의 정원에서는 자리다툼이 없다. 키 큰 꽃은 키 큰 꽃대로, 키 작은 꽃은 키 작은 꽃대로, 엄마의 정원에는 욕심이 없다. 그저 저희끼리 어우러져 꽃 피우고 열매 맺는다.

농부

누이의 등에 업혀서 보았다.
고개를 숙이기 시작한 벼가
붉은 흙탕물에 휩쓸려가는 것을
벼를 붙잡으려다
옆집 아저씨도 휩쓸려가는 것을
할머니는 평생 처음이라 했다.
노래기가 처마 밑에 터를 잡았고
동네 청년들은 뿔뿔이 흩어졌다.
그해 겨울 송구떡은 유난히 붉었다.
텅 빈 곳간에도
염치 불고하고 봄은 왔다.
냉수에 된장 한 술 말아 허기를
달래면서도 할아버지는
그해 봄에도
모래톱의 논을 갈고 계셨다.

천식

어머니의 숨소리에서는
고비 사막의 마른 바람 소리가 났다.
수십 년을 마라톤 뛰듯
가쁜 숨 몰아쉬며
살아오셨다는 것을
폐렴을 앓고 나서야 알았다.

어머니의 가슴속에서는
붉게 달궈진 쇳소리가 났다.
가끔은 메마른 논바닥 갈라지듯
타들어 가는 목구멍이
얼마나 뜨거웠는지를
독감을 앓고 나서야 알았다.

—
엄마의 셈

엄마의 셈은 다른가 보다.
사과 두어 개 담을게 하시더니
집에 돌아와 보면 사과는
대여섯 개, 덤으로 배도 두어 개
차비 몇천 원 넣었다며
주머니에 넣어주시던 여비는
굽은 허리로 품 팔아 오신
만 원짜리 지폐 몇 장

엄마의 셈법은 다른가 보다.

돌배나무

아버지의 가슴에는
시가 없는 줄 알았다.

추수가 끝난 고향에서 아버지는
"낙엽 진 고향에서는 바람도 더 차구나."
아버지 연세쯤 되어 보이는
돌배나무 아래서
"돌배나무도 늙는구나."
고향을 떠나올 때 눈시울 붉게
"또다시 올 수 있을지 모르겠구나."

이보다 더 깊은 감성이 어디 있겠는가.
아버지의 손등에 검버섯이 커가듯
아버지의 가슴 속에도
시가 자라고 있었던 것이다.

동짓달

밤이 좀 빨리 오는 것은
지난여름 내내
늦게까지 밭일하시느라
고된 땀 흘리신 울 아빠
일찍 쉬시라는 뜻일 게다.

새벽이 좀 늦게 오는 것은
지난가을 내내
논밭 거둠질로
밤잠 부족하신 울 엄마
좀 더 주무시라는 뜻일 게다.

동짓달 밤이
조금 일찍 왔다 조금 늦게 가는 이유는
사랑하며 살라는 뜻일 게다.
동짓달 밤이 긴 이유는
힘든 세상 쉬어가라는 의미일 게다.

그곳에

그곳에 당신이 있어 견딜 수 있어요.
이젠 혼자서도 잘 해낼 수 있어요.
훌쩍 떠나셨지만
그곳에서 늘 바라보고 있다는 것을
알고 있어요.
뿌리치고 떠났지만 차마 떠날 수 없어
그곳에 머문다는 것을
오늘처럼 푸르른 날은 온 하늘이
당신 모습으로 가득하네요.
그곳에 당신이 있어
서러운 행복으로 견딜 수 있어요.

꽃은 자신을 위해 향기를 만들지 않는다

서로 **기대어** 몸 부빌 수 있어야,
말라서 **부석거릴** 수 있어야,
더 **아름다울** 수 있다는 것을
갈대는 **알고** 있었던 것이다.

배롱나무

하얀 배롱나무꽃이 피었다.
몇 년 힘들어하더니 어렵게 몇 송이 피웠다.
그래도 꽃을 보여 준 게 어딘가.
속으로 이별을 준비하고 있었던 것이리라.
때가 되면 말없이 떠나는 것
우리는 아무도 모르게 살포시 웃었다.
아무도 듣지 못하게 속삭였다.
—내가 좋아하는 거 알지.
나는 살짝 꽃잎을 어루만져 주었다.
아가의 볼에 입 맞추듯,
겸연쩍게 주변을 둘러보았다.

지난봄에 가지 하나 꺾어 본 것이 왠지 미안했다.

—

처녀치마[*]

몸을 낮추어야 하더라.
눈높이를 맞춰야 하더라.
고개를 숙여야 하더라.
키 작은 너를
너를 만나기 위해서는,
네게 가기 위해서는,
허리를 굽히니 다가오더라.
눈높이를 맞추니 보이더라.
고개를 숙이니 가까워지더라.
그제야 알겠더라.
처녀치마 낮게,
낮게 고개 숙이며
꽃 피우는 이유를

* 백합과에 속하는 다년생초. 학명은 Heloniopsis koreana Fuse &
al.이다. 성성이치마, 치마풀이라고도 불린다. 잎이 땅에 퍼져 있
어 치마폭을 펼쳐 놓은 듯한 모습에서 치마풀이라는 이름이 유래
했다고 한다.

까치집

흔들리는 나뭇가지 위에
둥지를 틀어야 하는 운명이라 한다.
까치는 바람이 가장 드센 날을 골라
둥지를 완성한단다.
바람이 걸리지 않도록
구멍 숭숭 내어놓고
온몸으로 비바람 견뎌야 하는 집
웬만한 바람에는 끄덕하지 않는 집
까치집은
결국 바람이 짓는 집,
바람이 완성하는 집이라 한다.

—
달맞이꽃

달맞이꽃이 밤에 꽃 피우는 것은
순전히 달빛 때문이리라.
눈부시지도 화려하지도 않은 달빛,
달빛 속에서 더 아름다울 수 있는 것을
달맞이꽃은 어찌 알았을까.
꾸밈도, 가식도 없다.
밤새 이슬 함초롬히 머금고
달뜨지 않는 밤에도
달을 기다리며 꽃 피우고 있었다.
방아깨비 한 마리 가만히 지켜볼 뿐,
돌아보면 화려하지 않은 날들
성근 덤불처럼 밤하늘에 걸려 있고
별이 총총한 밤하늘에
여치의 울음소리만 애잔하다.
이슬조차 조심스레 꽃잎에 내려앉으면
새벽 별이 가만히 지켜볼 뿐,
해 뜨면 시들지도
시들어 떨어질지도 모를
그래서 사라질지도 모를 꽃잎이
노랗게 이슬에 젖고 있었다.

연꽃은 이른 새벽부터 분주하다.
연무 속에서 부끄럽게 얼굴 붉힌다.
연잎은 이슬방울조차 허락하지 않는다.
오직 연자를 위해 향기를 품는다.
안으로, 안으로
새벽이면 연잎은 수면 위로
두 손 간절히 모으고
꽃잎 떠받쳐 햇살을 담는다.
꽃잎 오므려 향기를 모은다.
한 올의 향기도 놓치지 않으려
꽃잎끼리 손잡고 밤을 지새운다.
이슬이 내리는 이른 새벽이 오면
꽃잎 활짝 터뜨린다.
이슬이 내려앉는 수면 위로 향기 낮게 퍼뜨린다.

이른 새벽 연못에서는 은밀한 수작이 진행되고 있었다.
연향 머얼리 보내려는

—
갈대

선 채로 가을볕에 제 몸 말리며
말라서 부석거릴 수 있어야,
서로 기대어 몸 부빌 수 있어야,
더 아름다울 수 있다는 것을
갈대는 알고 있었던 것이다.
찬바람에 눈물 한 방울까지
메마르고 나서야 아름다운 것을

갈바람에 타는 목마름 견디며
견디어 제 몸 부서질 만큼 흔들려야
다 함께 하늘 향해 두 손 흔들어야
더 윤기 난다는 것을
억새는 알고 있었던 것이다.
바람과 같이 쓰러져도
바람과 같이 일어설 때 더욱 빛나는 것을

이팝나무

올해는
곳간 문이 열리겠다.
길가에 이팝나무 꽃
무지하게 뿌려둔 것을 보면

올해는
아이들도 배는 곯지 않겠다.
들창 밖에 조팝나무 꽃
흐드러지게 핀 것을 보면

올가을에는
보리 개떡은 안 먹겠다.
꽁보리밥은 안 먹겠다.
이팝나무 꽃 쏟아지는 걸 보면

바위구절초

늦게 피지만 오래 피는 꽃
높은 산 바위 위에 자리하고
파란 하늘에 흰 구름처럼 피어나서
서리 내려 낙엽 져도
바위구절초는 느긋하다.
늦게 피지만 오래 향기 남기는 꽃
단풍 든 산속에
메마른 이끼를 벗하고 피어나서
다람쥐도 청설모도
월동 준비 분주할 때
구절초 꽃잎 마르면서도 향기 풍긴다.
서리 맞아 시들 줄 알면서도
몇 계절을 늦게 꽃 피우는 데는
가을 산 향기로 적시는 데는
남몰래 감춰둔 사연 있지 않을까.

＿
꽃은

꽃은 자신을 위해
향기를 만들지 않는다.

꽃은 자신을 위해
꿀을 만들지 않는다.

꽃은 자신을 위해
꽃병에 꽃을 꽂지 않는다.

그냥 피었다 질 뿐,
꽃은 스스로 치장하지 않는다.

물봉선화

산동네 빨래터에 모인
처녀들의
수줍은 이야기 들으며
볼 붉어지는 꽃

산동네 사랑방에 모인
총각들의
설레는 짝사랑에 애태우며
터질 듯 기다리는 마음

산수유

이른 봄 서둘러 꽃 피우던
이유를 모르겠더니
가을이 되어서야 알았다.
온 세상 봄빛으로 물들이던 이유를
우리는
언제 저토록 꽃 피워 볼까.

늦가을 낙엽 지고 더욱 붉어지던
이유를 모르겠더니
깊은 겨울이 되어서야 알았다.
하얀 눈 속에서 더 붉어지는 이유를
우리는
언제 저토록 붉어 볼까.

나의 좌표는 어디쯤일까

나이 들어가는 것도
　　처음 가보는 길

　　늙어 가는 것도
　　　처음 가보는 길

그래서 나이 드는 일도
　　늙어 가는 일도 설렌다.

—
봉하마을에서

부엉이바위에서
그날도 울었을 뻐꾸기 울음소리가
오늘은 유난히 푸르게 들립니다.
다녀가는 사람마다
가슴 깊은 곳에서
그리움을 한 줌씩 꺼내 놓고 갑니다.
그 자리에는 하얀 국화꽃이 피어납니다.
애절한 마음을 돌에 새겨
바닥에 깔아 놓고
떠나는 걸음마다 가슴에 담아 갑니다.
노랗게 벽을 물들인 엽서가
살짝 흔들립니다.
지붕 낮은 처마에는 여전히
제비 몇 마리 날고 있습니다.
바람이 붑니다.
당신인 줄 알았습니다.*

* 2020년 노무현 대통령 서거 11주기 추모 현수막에서 인용. "바람
  이 불면 당신인 줄 알겠습니다."

정방사 가는 길

솔 내음 따라 그늘을 밟아 오르면
땀이 흐를 때쯤 자드락길 중턱에
고즈넉이 자리 잡은 산사가
지붕부터 서서히 보여준다.
행자가 마당을 쓸었을까
봉당에는 하얀 고무신 한 켤레랑
빗자루 하나 가지런하다.
암벽을 타고 흐르는 샘물이 먼저
시원하게 마중을 나온다.
이것이 고찰의 자비가 아닐는지.
눈 닿는 곳에 청풍호 고요하고
구름은 월악산 중턱에 한가로이 걸렸으니
예서 머물면 누군들
달빛 호수에 젖지 않으리.

산에 오르며

산에 오르며 알고 있는 나무 이름들
하나씩 불러봅니다.
자작나무, 박달나무, 상수리나무
거제수나무, 물푸레나무, 나도밤나무…
이름을 부르면 어느 결에
산등성이에서, 산비탈에서 하나씩 둘씩 나를 향해 걸어옵니다.

산을 내려오면서 알고 있는 꽃 이름
하나씩 불러 봅니다.
물레나물, 고려엉겅퀴, 마타리, 물봉선화
쑥부쟁이, 고마리, 꽃무릇, 범부채…
이름을 부르면 어느결에
등산로 옆에서, 산비탈에서 하나씩 둘씩 손을 흔듭니다.

수선스럽지 않습니다. 있는 그대로일 뿐

—
소망탑 2

　등산로 입구마다, 사찰 어귀마다 돌을 쌓아 올린 소망탑, 어떤 이는 자신의 소망을 위해, 어떤 이는 누군가의 소망을 위해 돌에 소망을 담아 쌓아 올린다. 돌에 소망을 담으면 큰 돌이건, 작은 돌이건 경건해진다. 돌에 간절함을 담으면 바윗덩이건 조약돌이건 기원의 대상이 된다. 높아야만 소망이 되는 것은 아니다. 웅장해야만 소망이 되는 것도 아니다. 작은 돌들도 바람으로 쌓으면 바람도 잠시 멈춘다.

　돌들도 층층이 얹으면 소망이 되건마는

—
새끼 주꾸미

은멸치 한 상자를 샀다.
멸치 상자 안에
멸치보다 작은 주꾸미 한 마리
멸치인 척 숨어 있다.
누가 볼까
얼른 집어 입에 넣었다.
짭짜름한 파도 소리가 들렸다.
푸른 바다가 보였다.
주꾸미는 그렇게 바다를 품고
기다려왔던 것일까.

고추잠자리

어지럽다
저놈의 고추잠자리 때문일 게다
파란 하늘 위해
흰 구름 잠시 자리 비우는 걸
어찌 알았을까
고추잠자리 맴을 돈다.
하늘이 푸른 호수보다 깊다는 것을
하늘이 깊을수록 열매 농익는 것을
어찌 알았을까
고추잠자리가 맴을 돈다.
어지럽다
하늘이 푸르기 때문일 게다
구름이 높아질수록
하늘이 내려앉는 것은
고추잠자리가 맴을 돌고 있기 때문일 게다.

너 4

별을 따려고
지붕에 올라가다
사다리에서 떨어졌다.
별이 보였다.
눈물방울 속에서
네가 보였다.

여행길

처음 가는 길은 설렌다.
처음 가는 길에는
막연한 동경이 있다.
나이 들어가는 것도
처음 가보는 길
늙어 가는 것도
처음 가보는 길
그래서 나이 드는 일도
늙어 가는 일도 설렌다.
오늘의 당신은 오랜 시간 걸어온
여행자의 모습이거니
설렘으로 걸어온 여행길
설렘으로 걸어가는 인생길

잡념雜念

　새벽, 잠에서 깨어 생각의 타래를 벌여 놓는다. 굴레가 되어 벗지 못하는 생각의 줄기가 핏줄처럼 온몸을 감싸고 있다. 핏줄 어디쯤 깊은 내상을 입었나 보다. 기억이 가물거린다. 생각의 끝을 잡고 이 궁리 저 궁리 해 봐도 단단히 묶인 정관처럼 정자 한 마리도 보이지 않는다. 불혹(不惑)의 바람이 휑하니 불어온다. 얼굴에 마른버짐이 되살아나면서 그리 대단하지 않은 삶의 족적들이 등대의 불빛처럼 멀리서 깜박거린다. 어디선가 트럭 발동 거는 소리가 들린다. 식물처럼 처음으로 꽃가루받이 한 날 뿌듯한 힘줄이 아랫도리를 스멀거린다. 눈은 감고 있다. 가끔은 인생을 새치기하며 살지 않았는가. 그래서일까. 온몸 여기저기서 새치기한 검은 모근들이 탈색하고 있다. 앞서 떠난 선배는 영욕을 버리고 천국에 터를 잡았을까. 지난봄 달리는 자동차로 뛰어들던 두꺼비처럼 때가 되면 훌훌 털어 버리고 일어설 줄 알아야 하는 것을, 때가 되면 자리를 비울 줄 알아야 하는 것을, 그놈의 아집과 애욕 때문에. 별별 생각 다 하다가 가위에 눌려 다시 잠에 빠지곤 한다. 오늘은 항생제를 들이켜면 기억도 부패하지 않을 것 같다. 방광이 뻐근하다.

—
독고 dog[*]

어느 집 담을 돌아가다가
독고! 독고!
가래 끓는 할머니 소리에
멈춰 선다.
사람들은 모르나 보다.
할머니가 찾고 있는 것이 무엇인지
할머니가 부르는 것이
복실이고
바둑이라는 것을
사람들은 모르나 보다.

대문 쪽으로
강아지 한 마리가 달려가는 이유를
그 아련한 할머니의 목소리를

* dog의 잘못된 발음이라고 여겨짐

—
농사

해토가 되면서
밭을 갈고 거름을 주고
어디선가 시詩의 씨앗을 구해다
뿌려놓고
물을 주고 기다리면
싹이 트고 꽃이 피고
무더위도
태풍도 지나고 나면
시詩라는 열매 주렁주렁 열릴까.

오늘도 텃밭에
잡초를 뽑는다.

—
안녕

안녕!
안녕이란 말 한마디로
오늘 세상 앞에 발을 내딛는다.
아침마다, 만나는 사람마다
안녕!
안녕이란 말 한마디로
세상의 창을 연다.

안녕!
안녕이란 한마디로 작별을 한다.
저녁마다, 헤어지는 사람마다
안녕!
안녕이란 한마디로 우리는 하루를
마무리한다.

안녕! 안녕!

—
유리창떠들썩팔랑나비

산속 오두막집에
들창을 두드리는 이
깊은 산 속까지
찾아온 이는 누굴까.

들창을 열어도 아무도 없다.
짧은 고요가 찾아온다.
다시 들창을 두드린다.

들창을 열어본다. 참 요란스럽다.
유리창떠들썩팔랑나비 한 마리
유리창은 떠들썩, 날개는 팔랑팔랑,*
이름 참 잘 지었다.

* 유리창떠들썩팔랑나비는 나비목 팔랑나비과의 나비다. 길이
  15~17mm의 앞날개에 유리창과 같은 반투명한 무늬가 있고 요란
  스럽게 나는 모습 때문에 이런 길고도 특이한 이름이 붙었다고
  한다. 일제 강점기에 나비 연구에 일생을 바친 나비 박사 석주명
  (1908~1950)선생님이 붙였다고 한다. 출처: https://blog.naver.com/
  nnibr_re_kr/221550084842

—
요즘 나는

요즘 나는 이곳저곳을 서성거린다.

밴드에 가입하고

페이스북 주변에서 주뼛거린다.

혼자 밥을 먹고 혼자 여행을 하고 혼자 사진을 찍는다.

요즘 나는 적당히 관계를 맺는다.

카카오톡에 댓글을 달고

유튜브를 찾아보고

가끔 누군가를 팔로잉한다.

요즘 나는 여기저기 기웃거린다.

SNS로 세상과 소통하고

내 스토리를 만들어 올린다.

서로 닮은 사람들끼리 그룹도 만든다.

페친들이 '좋아요'를 보내주지만

그래도 요즘 나는 왠지 외롭다.

여전히 방은 텅 비어 있다.

좌표

지금까지 걸어온
나의 좌표는 어디쯤일까.

살아온 날은 21,170여 일에
살아갈 날은 알 수 없는데
카카오톡 친구는 1,993명에
페이스북 친구 4,106명 가운데
나를 팔로우하는 페친은 799명
위도 37.9° 경도 127.8°에 살며
혈압은 131에 81, 조금은 고혈압이고
교정시력이 좌측은 1.2, 우측은 1.5 짝짝이고
키는 165cm에 몸무게는 72kg에 경도 비만인데
주량은 소주 2병, 담배 끊은 지 6년이 넘었는데

아무리 살펴봐도 알 수가 없다.
나의 좌표를

꽃잎에 상처를 주는 것이 바람만이 겠는가

변한다는 것은 감내한다는 것이다.

뜨거움도, 차가움도 참아야 한다는 것이다.
어둔 밤을 견디어야만 한다는 것이다.

체온 나누며 기다려 주어야 한다는 것이다.

누군가의 아픔은

누군가의 아픔은
누군가의 별이 되기도 합니다.
아픔을 딛고 일어서기만 하면
누군가의 절망은
누군가의 희망이 되기도 합니다.
절망 앞에 무릎 꿇지만 않으면
누군가의 슬픔은
누군가의 기쁨이 되기도 합니다.
눈물이 감동을 주기만 하면
누군가의 실패는
누군가의 성공이 되기도 합니다.
실패를 극복하기만 하면
누군가의 시련은
누군가의 감동이 되기도 합니다.
시련에 굴복하지 않는다면
누군가의 꿈이 되기도 합니다.
누군가에게 처한 어둠은
다른 누군가에게는 빛이 되기도 합니다.

—
성장통

아픈 만큼 성장한다는데
성장이 왜 멈춘 걸까.
지금까지 덜 아팠던 걸까
아직도
더 아파야 하는 걸까
나는 오늘
그냥,
키높이 구두를 샀다.

—
겨울에는

겨울에는 네가
바로 꽃이다.
추워야만 피어나는 성에가
처마 밑에서
거꾸로 자라는 고드름이
바로 꽃이다.
추워도 함께 체온 덮어 주는
함박눈이
두 손 호호 불면서도
얼어붙은 마음
녹여 주는 당신이 겨울꽃이다.

상흔

보이지 않는 상처가 늦게 아물더라.
마음속 깊은 곳에 난
보이지 않는 상처가 더 아프더라.
눈에 보이는 상처야 새살 돋아
딱지 떨어지면 아물지만
상흔이야 남겠지만,
마음의 상처는 마음으로
보듬어야 아물지 않던가.
남의 가슴에 못 박으면
남에게 모질게 돌 던지면
언젠가는 자기에게 돌아온다는 걸
제 가슴에도 못 박힌다는 걸
제 살 깎이는 아픔 없이
남의 아픔을 어찌 알겠는가.
남몰래 우는 눈물이 더 짠하더라.
보이지 않는 상처가 더 아프더라.

―
마두금馬頭琴

몽고에는 마두금馬頭琴이라는 악기가 있다 한다. 마두금은 바람이 연주하는 악기라 한다.

말머리 장식에 말총으로 현을 만든 악기, 두 줄 현이 몽고의 사막을 울린다. 낙타의 등 혹에 마두금馬頭琴을 걸어두면 바람이 연주를 시작한다. 바람이 현을 스치면서 연주를 시작한다. 잔잔한 바람은 잔잔한 소리를, 모래바람은 모래바람같이 휘몰아치는 소리를 낸다. 마두금馬頭琴의 악기 소리는 바람 소리보다 더 구슬프다. 낙타의 내면을 울리는 바람의 연주 소리는 낙타의 가슴까지 녹인다. 바람의 연주 소릴 들으며 낙타는 눈물을 흘린다. 그제야, 낙타는 새끼를 향한 마음을 열고 처음으로 젖을 물린단다. 낙타는 새끼의 냄새를 평생 잊지 않는다 한다.

오늘은 내몽고 고비 사막에 서고 싶다.

—
동행

네가 여기까지 올 수 있기까지
너는 몸살도 앓았겠지만
또 누군가는
말없이 지켜보았다는 것을

네가 거기까지 갈 수 있기까지
너는 가슴앓이도 했겠지만
또 누군가는
잠 못 들고 뒤척였다는 것을

그래, 여기까지 오느라 힘들었지.*
내가 손잡아 줄게.
언제나 너의 곁에서 누군가는
말없이 손 흔들고 있었다는 것을

* 오평선 산문집《한 번쯤은 오직 나만을 위해, 블루웨이브, 2016》
  에서 인용

—
희망약국[*]

저는 희망이 필요해요.
희망약국에서 색색의 별사탕으로
희망 약을 처방해 주었다.

저는 요즘 불행해요.
희망약국에서 달콤한 젤리 캔디로
행복 약을 지어 주었다.

저는 꿈이 없어요.
희망약국에서 바위 초콜릿으로
꿈 약을 제조해 주었다.

진짜 희망을 제조하는
약국이 있었으면

* 희망약국은 구리남양주 천미중학교 학생들과 학부모들이 운영
  한 인성프로그램의 하나임. 힘들고 어려운 학생들을 상담하고 희
  망 약, 행복 약, 꿈 약을 처방하여 별사탕, 캔디, 초콜릿 등으로 약
  을 지어 주는 프로그램

—
오해

새가 즐거워
노래한다고 생각하지는 않았는지.
새가 슬퍼서
운다고 생각하지는 않았는지.
새는 노래하지도
눈물짓지도 않는다.
새들의 대화였을 뿐인데,
새가 노래한다고 생각하는 것은,
새가 운다는 느끼는 것은
우리 생각이 아니었을까.

우리는 다른 사람들의 말을
달리 듣지는 않았는지
다른 사람의 진실을
오해하고 살지는 않았는지.

─
곶감

감은 말라야 곶감이 되지 않던가.
감이 곶감이 되기 위해서는
누군가는 손가락 아프도록
감 껍질 깎아야만 했을 것이다.
그뿐이었겠는가.
몇 날 몇 밤을 햇볕도, 어둠도
머물러야 했으리라.
바람도 견뎌야 했으리라.
처마 밑에 주렁주렁 매달려
기다려야 했을 것이다.
매미도 긴긴 어둠 감내하며
기다리지 않았던가.
변한다는 것은 감내한다는 것이다.
뜨거움도, 차가움도
참아야 한다는 것이다.
어둔 밤을 견디어야만 한다는 것이다.
체온 나누며
기다려 주어야 한다는 것이다.

등대

누구를 위하여 바람 앞에 서는가.
누구를 위하여 밤마다 빛이 되는가.
길을 잃어 본 사람은 안다.
등대, 밤이면 더 빛나야 하는 이유를
어둠 속에서 방향 잃고 헤맬 때
누군가 길이 되어주고,
누군가 손 잡아 주는 것이 얼마나
눈시울 뜨거운 일인가를
파도에 휩쓸려 본 사람은 안다.
먼저 흔들려 본 사람은 안다.
누군가에게 빛이 되어준다는 것은
누군가에겐 하나의 희생이라는 것을
누군가에게 이정표가 된다는 것은
세상 풍파에 먼저 흔들렸다는 것을

등대처럼

상흔 2

　꽃잎에 상처를 주는 것이 바람만이겠는가. 고개 너머 바람에
실려 오던 숱한 낭설과 비난의 소리들. 아침저녁으로 나무끼리,
들풀끼리 주고받던 귓속말도 꽃잎에 상처를 주지 않았을까.

　이슬비도 오래 내리면 꽃잎 짓물러 떨어지지 않던가. 소복이
내리는 눈송이도 쌓이면 꽃봉오리에 깊은 상처 남기지 않던가.
칡덩굴처럼 휘감아야만, 태풍처럼 가지를 꺾어야만 상처가 되는
것은 아니다.

　꽃잎에 상처를 주는 것이 어찌 바람뿐이겠는가.

흐르는 물은 뒤를 돌아보지 않는다

개울물은 계절에 맞는 소리를 안다.

봄빛에 젖어 **푸르게** 흐르는 개울 소리와
가을에 **하얀 뭉게구름** 안고 흐르는

개울 소리가 **다르다**는 것을

—
흐름 2

그늘이 산등성이를 넘어오면
어둠이 뒤를 따르고
그 뒤는 별들이 쫓는다.

아래부터 산등성이 위로
치닫던 푸르름,
그 뒤로 짙푸른 여름이 찾아왔다.

산등성이부터
산 아래로 단풍이 휘몰아 내려오면
북풍이 문지방을 넘는다.

순서를 거스르는 법이 없다.

흐름 3

아내가
엄마가 되고 보니
엄마가
보인대요
딸의 마음을 알겠대요.

아빠가
되고 보니
아빠를
알겠네요.
그때는 몰랐던 것이

깊이

샘이 깊어야 물은 더 맑더라.
센 불에 담금질해야 쇠는
더 단단해지더라.
망치질 더 받아야 강해지더라.
벼는 익을수록 고개를 숙이더라.
빈 수레가 요란하지 않던가.
분재가 아름다운 것은
수많은 가위질 감내했기 때문 아니던가.
바위에 미륵불도 정 많이 받을수록
온화한 미소 짓지 않던가.
샘이 깊어야 물은 더 따뜻하더라.

—
탯줄

끊는다고
끊을 수 있던가요.
잊는다고
잊히던가요.
천륜의 이어짐을

배꼽 없이 태어난 사람
있던가요.
부정한다고
부정할 수 있던가요.
이승의 끈을

유기鍮器

유기鍮器는 울림으로 이야기한다.
범종이 그렇듯이
유기가 깊은 저음으로 울음 울어야
유기장의 눈에는 별이 빛난다.

유기鍮器가 울림을 주기 위해서는
천도가 넘는 뜨거움 견뎌야
수천 번의 망치질 받아내야만 한다.

유기장의 손끝에서 잔잔한 떨림으로
울림 멀리 퍼져 갈 때
비로소 유기鍮器로 탄생하는 것이다.

어디 유기鍮器만 그러하겠는가.

─
길 2

수많은 걸음이 모여 길이 되었다.
수많은 사연이 모여 전설이 되었다.
누군가는 아픈 발 참으며
눈물 삼키며 걸었을 길
연인끼리는 손잡고 걸으며
사랑 더욱 깊어졌을 그 길
사연을 안고 돌아설 때도
사연을 안고 서럽게 떠나는 이
붙잡을 때도
길 위에서였을 것이다.
떠나는 이도 돌아오는 이도
기쁜 일도 슬픈 일도
길에서 길로 이어졌을 것이다.
사랑도 이별도 그리하였으리라.
오늘도
우리는 길 위에 서 있다.

길 3

언제 떠나도
언제 돌아와도 되는
길은 완전한 자유이다
돌아갈 곳이 없어도
떠나고
돌아갈 곳이 있어도
머물지 못하고
떠나서는 그리워하고
그리워하면서도
되돌아갈 수 없는 길
길은 이별이 되기도
만남이 되기도 한다.

—
개울물

개울물은 길을 알고 있다.
모랫길, 자갈길, 바윗길로 흘러
어디선가 만난다는 것을
개울물은 속도를 알고 있다.
어디서 빨리 흘러야 하고
어디서 늦게 흘러야 하는지를,
개울물은 어디쯤에서 오두막 감싸고
흘러야 하는지 알고 있다.
어디쯤에서 강을 만나는지를
어디쯤에서 모래톱 쌓는지를
개울물은 계절에 맞는 소리를 알고 있다.
봄빛에 젖어 푸르게
흐르는 개울 소리와
가을에 하얀 뭉게구름 안고
흐르는 개울 소리가
다르다는 것을

보리

온 세상이 푸르러 갈 때
한두 계절을 앞서
영그는 보리, 거기에는
숨은 뜻이 있으리라.

온 세상 푸름으로 덮일 때
황금물결로 덮는 일이
쉬울 리 없겠지만 거기에는
깊은 뜻이 있으리라.

황금빛으로 빛나는 것은
배고픔을 덮고, 가난을 덮고
한 시절 앞서 사랑하라는
의미는 아닐는지.

후회

가을은 뒤를 돌아보지 않는다.
겨울도 봄도 그랬다.
여름도 뒤를 돌아보지 않는다.

세월은 뒤를 돌아보지 않는다.
시간도 계절도 그랬다.
스쳐 지나가는 바람도 그랬다.

흐르는 물은
뒤를 돌아보지 않는다.
후회는 사람의 몫일 뿐

첫눈

시간이 흘러도
첫눈은 나이 들지 않는다.
세월은 흘러
시인의 얼굴에는 주름지는데
첫눈은 내릴 때마다
그때마다
마음 설레는 걸 보면
첫눈에는 나이가 없나 보다.
나이 들어서도
첫눈 내리는 날은
소녀처럼 얼굴 붉어지는 걸 보면

동백꽃, 떨어져도 붉은 이유는

울컥하는 **뜨거움**이다.
　　이리도
　　　붉게 마무리할 수 있을까.
남은 **가을**을
　　중년의 계절을

별

당신도 보고
있는 거
알아요.

당신도 같은
마음인 거
알고 있어요.

함께
반짝이잖아요.

너 3

한참을 서성거렸네.
너의
창가에서

너의 창가에는
별빛이
어른거리고 있었네.

—
풍등

불꽃이 되어
염원이 되어
하늘을 날아오른다.

소망을 담아
간절함을 모아
하늘로 밀어 올린다.

마지막 순간까지
온몸 불사르다
열정 사그라들 때까지

—
초대장

기다리지 않아도
어느새 도착해 있는

봄으로 초대하는
담장 밑에 꽃다지

가을로 초대하는
마루 위에 가랑잎

에궁

어려운 일은 혼자보다
여럿이 함께 온다.

좋은 일도 그랬으면

마스크

하고 싶은 말이 많은데

그때까지 기다려 줄까.

마스크 2

무슨 일로 속이 상했을까.
나만 그런 걸까.

너로 해서 나의 냄새가
지독하다는 것을 알았다.

어찌 견디는가.
모두 알아버린 그 속내를

—
행복

멀리, 그곳에
아주 먼 곳에
있을 줄 알았다.

돌아와 보니
지금 나의 주변이
가장 푸근하다.

이것이
그때는 몰랐던
행복인가 보다.

—
나비의 날갯짓에는 소리가 없다

참 궁금하지.
들킬 줄 알면서
들켜 손바닥에
맞아
죽을 줄 알면서
모기,
앵! 소리 내는 이유가

가재

무슨 사연 있기에
깊은 산 속까지 숨어들었나.
무슨 죄를 지었기에
푸른 하늘 보이지 않는
깊은 산속
바위틈에 숨어 지내다가
밤에만 나오는가.

단풍

울컥하는 뜨거움이다.
이리도
붉게 마무리할 수 있을까.
남은 가을을
중년의 계절을

—
빗방울

빗방울,
홀로 내려도
내려서는
하나가 되어 흐른다.

동백꽃

동백꽃, 떨어져도
붉은 이유는
하고픈 이야기가
남아 있기 때문이지.

단풍 든다는 것은

단풍 든다는 것은
한때는 치열하게
살았다는 것이다.
우리도
아름답게 물들기 위해
이 순간 치열하게
살아야 하지 않겠나.

함께 가는 것이 어디 사람뿐이랴

홑바지를 입어 본 사람은 안다.
　가랑이로 파고들던 **눈보라**가 얼마큼 시린지를

변두리 포장마차에서 **시린** 마음이 **녹고** 있다.

　　　　변두리를 걸어본 사람은 안다.
외투를 적시는 **빗물**이 서둘지 않는다는 것을

—
그해 봄

일상이 얼마나 소중한지요. 어리석게도 격리되고 나서야 깨달 았습니다. 시원한 바람이 그리워집니다. 함께 환호하며 나누던 평범함이 얼마나 행복한 일인지요.

　-오늘, 치맥 어때!

　-커피 한잔할래?

이런 말들이 얼마나 정겨운 말인지 코로나19 이전에는 몰랐습니다.

　마음 놓고 숨 쉬고, 마음 놓고 악수를 하고, 마음 놓고 포옹하던 일이 그때는 당연한 일이었건만,

　-마스크를 쓰지 않으면 전철에 승차할 수 없습니다.[*]

　-마스크는 당신과 가족을 지키는 생명입니다.[**]

이제는 모두 얼굴을 가렸습니다. 악수 대신 팔꿈치 인사를 합니다.

　코로나19는 여름휴가를 떠나지 않는다[***]고 합니다.

---

* 경춘선 전철 방송 멘트

** 경춘선 전철 게시 글

*** 2020년 7월 27일 김덕기의 아침 뉴스 엔딩 멘트에서 인용, 휴가철 코로나19 재확산을 우려한 미국 감염병 전문가가 한 말이라고 함

함께 가는 것이 어디 사람뿐이랴

—
페친*

나의 페이스북 친구는
성남 어디선가
작은 카페를 운영한다.
얼굴을 본 적은 없다.
그래도 매일 만난다.
언제부턴가
세상은
만나지 않아도 친구가 된다.
며칠째 포스팅이 없다.
댓글도 없다.
오늘따라 성남에
가고 싶다.

* 페이스북 친구

—
만약에

미움과 아픔과 슬픔이

더러움과 버려짐과 게으름이

무관심과 배고픔과 괴롭힘과

파괴와 자살과 두려움이

고문과 사기와 거짓말이

시기와 질투와 모함과

증오와 경멸과 모독과 부정과 살인과 죄,

이런 말들이 세상에서 사라진다면

미움과 아픔과 슬픔이

더러움과 버려짐과 게으름이

무관심과 배고픔과 괴롭힘과

파괴와 자살과 두려움이

고문과 사기와 거짓말이

시기와 질투와 모함과

증오와 경멸과 모독과 부정과 살인과 죄가

지상에서 사라지지 않을까

—

코로나의 계절

하늘은 청명하다.
치명적이다.
모두가 얼굴을 가렸다.
악수하는 손이 이리도
면구스러운 봄이 있었던가.
온 세상이 푸르게 물이 드는데
사람들은 점점 멀어져 갔다.
이 산 저 산에 꽃은 피어나는데
봄은 멀기만 했다.
입춘이 오고
우수 경칩이 지나도
개구리는 입을 떼지 못하고
사람들은 서로에게 다가가지 못했다.
동네 약국 앞에 줄만 길어졌다.
나는 금요일에만 줄을 서야 했다.

사람들 사이에
살바람만이 불고 있다.

—
동행 2

언제부턴가 일상이 되었다.
언제부턴가 함께 걸어야 했다.

7월 7일
[중앙재난안전대책본부] 코로나19 환자 발생 지속, 마스크 착용, 손 씻기, 기침 예절, 거리 두기, 증상 시 쉬기 등 기본 준수는 나와 이웃의 안전 지킴이입니다.

7월 8일
[중대본] 사업장에서의 감염 지속, 사업주께서는 유증상 직원 쉬게 하기, 재택, 유연 근무 장려, 사업장 소독과 환기 등 방역 수칙에 앞장서 주시기 바랍니다.

7월 10일
[중대본] 집단 감염이 지속되고 있습니다. 7월 10일 6시부터 정규 예배 외 모임, 행사 금지, 단체 식사 금지, 상시 마스크 착용 등 방역 수칙의 준수가 의무화됩니다.

7월 16일

[중대본] 코로나19는 밀폐, 밀집, 밀접 시설에서 전파 위험이 높습니다. 다중 이용 시설 방문 자제, 환기, 표면 소독, 마스크 착용, 2m 거리 두기 등 방역 수칙을 실천해 주세요.

7월 20일

[중대본] 한 주의 시작 월요일 아침입니다. 대중교통 이용 시 아프면 타지 않기, 마스크 쓰기, 거리 두기, 대화 자제 등 안전하게 출발하세요.*

함께 가는 것이 어디 사람뿐이랴.
함께 살아가야 할 것이 어디 코로나19뿐이랴.

* 중앙재난안전대책본부에서 보내준 문자 메시지입니다.

태풍 지나고

꽃 피고 열매 맺는 일들
가을이 지나고
겨울이 오는 일들 모두가
저 혼자 가고 온 것은
아니었으리라.
수없이 저녁노을에 물들고
새벽안개에도 젖었으리라.
태풍 지나간 하늘이
언제 그랬냐고 푸르지만
저 혼자 푸르른 게 아니란 것을
저 혼자 흔들린 게 아니란 것을

재난지원금

고된 삶에 지쳐
소주를 마셨다.

재난지원금으로
고기를 사 먹었다.

아이들이 말했다.
우리나라 좋은 나라라고

이 말을 들으며
목울대 뜨거워지던 사람이

어디 나뿐이랴.
어디 우리뿐이랴.

—

그러지 마요

그러지 마요.

그리하면 다른 사람이 아프잖아요.

그러면 지옥 간대요.

길어야 백 년인데

뭐 그리 지독하게

뭐 그리 악랄하게

그러세요.

그러지 마요.

그러면 친구들이 힘들어하잖아요.

그러면 벌 받는대요.

서로 이해하고

서로 조금만 양보하면 좋겠어요.

그러지 마요.

후배들이 보고 있잖아요.

제발 그만 멈추어 주세요.

날 선 말은 독이 되어 되돌아온대요.

비수가 되어 돌아오면

자신을 찌를 수 있대요.

제발 그만 멈추어 주세요.

사람들이 기다리잖아요.
원래 그런 사람이 아니었잖아요.
웃으면서 미안하다고
사과하면 좋겠어요.
기다릴게요.

―
한때는

사그라진다는 것은
한때는
열정이 있었다는 거다.

수그러든다는 것은
한때는
패기로 살았다는 거다.

시드는 것을 서러워 마라
한때는 푸르렀으니,
한때는 질펀하게 살았으니

함께 가는 것이 어디 사람뿐이랴

—
변두리

변두리라는 말은 왠지 쓸쓸하다.

변두리에서는 바람도 쓸쓸하게 분다.

변두리에 내리는 빗물은 유난히 추적거린다.

구멍 뚫린 신발을 신어 본 사람은 안다.

변두리에서는 태양도 빈혈을 앓는다.

할머니는 평생 두통을 앓으셨다.

변두리에 살아본 사람은 안다.

변두리에 피는 장미에도 아픔이 있다는 것을

변두리의 겨울은 왠지 더 맹렬하다는 것을

변두리에서는 함박눈도 회오리치며 내린다는 것을

홑바지를 입어 본 사람은 안다.

가랑이로 파고들던 눈보라가 얼마큼 시린지를

변두리 포장마차에서 시린 마음이 녹고 있다.

변두리를 걸어본 사람은 안다.

외투를 적시는 빗물이 서둘지 않는다는 것을

변두리에서는 봄바람에도 눈물이 들었다는 것을

우리의 삶에도 언제부턴가 쓸쓸한 바람이 분다.

눈사람

너도 외롭구나.
하늘만 쳐다보는 걸 보니
누군가는 시린 마음에
목도리를 둘러 주었지만

너도 알고 있구나.
한쪽부터 녹는 걸 보니
따뜻한 세상이 오면
어디론가 스며야 하는 것을

시가 읽히지 않는 시대에 시를 쓰는 이유
-시를 쓴다는 것은 세상에 울림을 주는 일-

정태섭[*]

　최상만 시인과의 교류는 대학교 2학년 때부터라고 기억된다. 풋풋한 대학 시절 시를 쓰겠다고 모였던 작은 모임에서 처음 보았을 것이다. 준비되지 않았던 시를 들고 눅눅한 동굴집(1980년대 문학을 나누던 춘천에 소재하던 막걸리 집)에서 시를 나누던 기억을 소환해 준 최상만 시인에게 고맙게 생각한다.

　뜻밖에 제3 시집 「당신인 줄 알았습니다」의 발문을 써 달라는 말을 듣고 제1 시집 「꽃은 꽃으로 말한다」와 제2 시집 「이쯤만 그리워할 수 있어도」를 찾아 읽어 보았다. 덜 여문 시로 열변을 토하던 시인의 시심은 이제 중견 시인으로 성장해 있었다. 다만 대학 시절의 순수함과 깨끗함, 세상을 바라보는 따뜻한 시선은 아직 변하지 않은 그대로였다.

　이제 내가 아는 최상만 시인과 시를 따라가면서 시 읽기를 해

* 시인, 소설가, 한라대학교 한국어교육원 교수

보려고 한다. 시인들의 삶은 그 시인의 시와 밀접한 관련이 있다. 그래서 우선 내가 아는 최상만 시인의 삶을 추적해 본다.

최상만 시인이 태어난 곳은 강원도 홍천군 내면, 중학교 3학년 때 처음으로 전기가 들어온 산골 마을이다. 문명에서 동떨어진 자연과 함께 가난한 성장기를 보냈다.

공부보다는 농사일이 먼저였고, 학교에서 돌아오면 소를 몰고 산으로 향했었다. 소는 풀을 먹었고, 최상만 시인은 산딸기며 머루나 다래를 따 먹으며 어린 시절을 보냈다. 그러는 동안 시인은 자연과 동화된 생활을 했을 것이다. 바람 소리, 나뭇잎의 흔들림, 시냇물 소리, 뻐꾸기 울음소리를 들으며 자연이 들려주는 말의 의미를 좀 더 가까이서 들었을 것이다.

시인의 어린 시절은 늘 배고픈 시절이었다. 아무리 농사를 지어도 배고팠던 시절, 모두가 그랬던 시절이었지만, 최 시인은 지금도 보리밥, 옥수수, 잔치국수를 싫어한다. 과거의 배고픈 추억 때문이 아닐까. 어린 시절의 가난과 등잔불과 남포, 촛불, 전깃불의 시대를 지내며 살았던 경험은 가끔 시인의 작품 속에 녹아 있다.

최상만 시인은 "시란 바람, 구름 곤줄박이의 말을 전달하거나 자작나무의 흔들림, 붉은 저녁노을의 울림, 물소리, 꽃의 아픔 등을 언어로 전달하는 존재(제2 시집 『이쯤만 그리워할 수 있어도』의 발문에서 인용)"라고 강원대학교 김풍기 교수는 말하고 있다. 최상만 시인의 시를 읽다 보면, 시 쓰기는 자연의 소리를 듣고 그 자연의 소리를 옮겨 적는 것이라고 말할 수 있다. 또한 시 쓰기는 농부가 농사를 짓는 것과 같다고 생각하고 있다. 시 쓰는 일이 농사처럼 감성의 씨앗을 키워 꽃 피우고 열매 맺으면 그것을 거둠질만 하면 되는 것으로 생각하고 있다. 다음 「농사」라는 시를 읽어 보자.

해토가 되면서
밭을 갈고 거름을 주고
어디선가 시詩의 씨앗을 구해다
뿌려놓고
물을 주고 기다리면
싹이 트고 꽃이 피고
무더위도
태풍도 지나고 나면
시詩라는 열매 주렁주렁 열릴까.

오늘도 텃밭에
잡초를 뽑는다.
　　　　　　　－「농사」 전문

시의 씨앗은 시인의 시심이고 감성이 될 것이다. 그 시심과 감성에 물을 주고 기다리면 시심과 감성은 다양한 경험과 삶의 과정에서 성숙하고, 빛을 만나 광합성을 하듯 정신적 과정을 통해

시라는 열매가 열리는 것이 아닐까. 그렇다고 시가 쉽게 쓰이는 것은 아니다. 언어의 바다에서 자신의 언어를 건져 올려 시인의 감성을 시로 토해내는 데는 무수한 고뇌와 몇 날 며칠의 아픔이 있었음을 알 수 있다. 「곶감」이라는 시에서 우리는 시 탄생의 고통을 느낄 수 있다.

> 감이 곶감이 되기 위해서는
> 누군가는 손가락 아프도록
> 감 껍질 깎아야만 했을 것이다.
> 그뿐이었겠는가.
> 몇 날 몇 밤을 햇볕도, 어둠도
> 머물러야 했으리라.
> 바람도 견뎌야 했으리라.
> 처마 밑에 주렁주렁 매달려
> 기다려야 했을 것이다.
> – 「곶감」 일부

그러면 시는 세상에서 어떤 역할을 해야 하는가. 시의 역할은 무엇이 되어야 하는가.

최상만 시인은 "시는 독자들에게 울림을 주어야 하며, 시는 쉬워야 한다."라고 늘 말하고 있다. 그렇다면 독자에게 울림이 주는 시들은 어떤 시인가. 쉽게 가슴에 다가오는 시가 아닐까.

몇 년 전 한국에서 가장 많이 게시된 시는 나태주 시인의 '풀꽃'이나 IMF 시대에 한국 대학생들이 가장 애송했던 도종환 시인의 '담쟁이'라고 한다. 두 시 모두 누구나 아는 자연의 모습을 쉽고 편하게 표현한 시이다. 이처럼 쉽게 읽히고 쉽게 다가갈 수 있는 시가 우리 시대에 시의 역할을 하는 것이 아닐까. 최상만 시인의 시는 쉽게 가슴에 젖는다. 삶의 소소한 깨우침을 편하게 형상화하고 있어 많은 독자층을 구축하고 있는 것은 아닌가 생각한다.

이른 봄 서둘러 꽃 피우던
이유를 모르겠더니
가을이 되어서야 알았지.
온 세상 봄빛으로 물들이던 이유를
우리는
언제 저토록 꽃 피워 볼까.

늦가을 낙엽 지고 더욱 붉어지던
이유를 모르겠더니
깊은 겨울이 되어서야 알았지
하얀 눈 속에서 더 붉어지는 이유를
우리는
언제 저토록 붉어 볼까.
　　　　　－「산수유」 전문

시인은 산수유처럼 봄에는 흐드러지게 봄빛으로 꽃 피워 보고 싶어 하며, 눈 속에 더욱 붉어지는 산수유 열매처럼 시인의 삶을 불태우고 싶은 것이다.

그렇다고 어려운 시가 역할을 못 하고 있다는 말은 아니다. 어려운 시는 대중적이지는 못 하지만 문학성이 높을 수 있고, 일부 삶에 감동을 느끼는 독자도 없지는 않을 것이다. 나도 중고등학교 때 처음 '이상' 시인의 시를 접했을 때, 이런 것도 시가 되나 생각했었다. 그렇지만 시를 알아 갈수록 '이상'의 시는 시대를 앞선 시였으며, 충격을 주어 잊히지 않은 시로 남아 있다. 이처럼 시를 쓰는 사람의 도전이 되어야 하는 시도 있지만 흔한 말로 '그들만의 리그'가 되는 시도 많은 것이 사실이다.

그렇다면 시는 상아탑이나 대학 도서관에 머물러 있어야 하는가. 본인은 그렇게 생각하지 않는다. 시는 도서관에서, 시집에서 걸어 나와 독자의 가슴에 머물러야 한다. 읽히지 않는 시를 시라고 할 수는 없기 때문이다.

참 궁금하지.
들킬 줄 알면서
들켜 손바닥에
맞아
죽을 줄 알면서
모기,

앵! 소리 내는 이유가
　　　- 「나비의 날갯짓에는 소리가 없다」 전문

「나비의 날갯짓에는 소리가 없다」라는 시는 제목이 좀 어렵게 다가오는 작품이다. 물론 나는 어렵다고 느끼지 않지만, 제목이 주는 느낌이 선문답 같아 그런 느낌을 주지 않나 생각한다. 이러한 글이 시가 되는지 시가 되지 않는지는 깊이 고민해 보아야 한다. 시인도 잘 모르면서 시라고 썼으니 시가 되어야 한다는 것은 가끔 우리 시인들의 착각이 아닐까. 그럴지도 모른다.

우리나라에서 한국문인협회에 가입한 시인이 5,000명이 넘는다고 한다. 그러면 한국문인협회에 가입하지 않았거나, 자격이 안되어 가입하지 못한 시인들을 포함하면 7,000명 이상이 될 수도 있다. 우리나라의 모든 시인이 시를 쓰는 이유는 시가 세상 독자를 만나 울림이 되고, 감동을 주기를 바라기 때문이라 생각한다.

그런데, 그렇게 많은 시인이 쏟아내는 시와 시집들이 독자를 떠나고 있다. 서점에는 몇몇 유명 시인의 시집 외에는 찾아볼 수가 없다. 시집은 별도로 주문을 해야 받아볼 수 있다.

독자가 시를 버린 것은 분명 시인들의 잘못이라고 생각한다. 시 쓰는 일은 개인적인 일이지만 시가 개인의 정서에 머물러서는 안 된다. 시가 어려워진 것은 개인적인 정서에 머물거나 개인적인 상징을 사용하면서이다. 시는 개인적인 감성의 산물이지만 개인이 아닌 독자의 감성에 울림이 되어야 한다.

빗방울,
홀로 내려도
내려서는
하나가 되어 흐른다.

－「빗방울」전문

당신도 보고
있는 거
알아요.

당신도 같은
마음인 거
알고 있어요.

함께
반짝이잖아요.

－「별」전문

　최상만 시인의 시에는 뭔지 모를 깨달음이 담겨 있는 경우가
많다. 각각의 빗방울이 내려서 하나가 되어 흐르는 것을 표현한
「빗방울」이나 「별」이라는 작품에서는 누구나 보는 별이지만 별
을 매개로 당신과 나는 같은 마음이 되는 것이다. 이런 깨달음은

송풍 시인의 시를 꿰는 한 줄기 맥락이다.

"너도 알고 있구나. 한쪽부터 녹는 걸 보니 따뜻한 세상이 오면 어디론가 스며야 하는 것을(「눈사람」 일부)"에서도 느낄 수 있다. "시간이 흘러도/ 첫눈은 나이 들지 않는다./ 세월은 흘러/ 시인의 얼굴에는 주름지는데/ 첫눈은 내릴 때마다/ 그때마다/ 마음 설레는 걸 보면/ 첫눈에는 나이가 없나 보다./ 나이 들어서도/ 첫눈 내리는 날은/ 소녀처럼 얼굴 붉어지는 걸 보면(「첫눈」 전문)"을 읽어보아도 그렇다. "무슨 사연 있기에/ 깊은 산 속까지 숨어들었나./ 무슨 죄를 지었기에/ 푸른 하늘 보이지 않는/ 깊은 산속/ 바위틈에 숨어 지내다가/ 밤에만 나오는가.(「가재」 전문)"에서도 같은 속성을 엿볼 수 있다.

요즘 짧은 시가 많이 읽히는 거 같다. 하상욱의 「서울시1, 2」, 「시밤」, 「시로」가 2010년대에 가장 많이 팔린 책이라고 하면 곱씹어 봐야 할 문제이다. 하상욱 본인은 자신의 글을 시가 아니라고 말한 것을 어디선가 읽은 적이 있다. 하지만 그의 시는 짧지만 가슴을 치는 위트와 누구나 공감할 수밖에 없는 표현력과 재치로 사람들의 마음을 사로잡는다. 짧은 시지만 여운을 주는 것이다. 여기에서도 알 수 있는 결론은 독자에게 울림을 주는 글이어야 한다는 것이다.

이처럼 울림을 주기 위해서는 시인의 삶에 이야기가 있어야 한다. 스토리가 있어야 한다. 1920~30년대 시인의 삶에는 이야기가 있었다. '이상' 시인은 모던한 현실을 좋아했고, 본인이 카페

'제비'를 운영하였으며, 제비의 마담 금홍이와 사랑을 하고, 살림까지 차렸다. 이러한 사실들의 그의 문학에 녹아 있다. 삶 자체가 문학과 같았다. 시인 '백석'과 자야의 사랑은 구슬픈 이야기가 되어 회자되고 있다. 이처럼 시인의 삶 자체가 시가 되어야 하지 않을까.

요즘 스토리가 있는 시인은 누가 있을까. 「접시꽃 당신」의 시인 도종환의 아내에 대한 사랑 이야기도 하나의 스토리라면 스토리라고 할 수 있겠다. 그의 애절한 사랑을 표현한 시로 세상의 여자들 마음을 얻은 것은 아닐까. 이런 스토리로 독자의 사랑을 받고 유명 시인이 되었다.

물론 '이상', '백석', '도종환' 모두 뒷이야기보다 출중한 작품들이 있었기 때문에 더 사랑을 받았을 것이다. 작품도 시원치 않고, 이야기도 없다면 '시인'이라고 말하는 것은 부끄러운 일이 되지 않을까.

변두리라는 말은 왠지 쓸쓸하다.
변두리에서는 바람도 쓸쓸하게 분다.
변두리에 내리는 빗물은 유난히 추적거린다.
구멍 뚫린 신발을 신어 본 사람만이 안다.
변두리에서는 태양도 빈혈을 앓는다.
할머니는 평생 두통을 앓으셨다.
변두리에 살아본 사람만이 안다.

변두리에 피는 장미에도 아픔이 있다는 것을
　　　　　－「변두리」일부

　최상만 시인도 스토리가 있는 시인이다. 최상만 시인의 삶은 늘 변두리였다. 가난한 시골 마을에 중학교를 졸업하고 춘천에 있는 제일고등학교(현 강원대사범대부속고등학교)로 진학했다. 공부를 잘해서가 아니라 시골에 고등학교가 없었기 때문이었다. 고등학교에 입학해서는 자취 생활을 해야 했다. 낯선 곳에서의 생활은 책을 가까이하는 계기가 되었다. 대학 진학을 앞두고 서울 소재 대학 문예창작과에 두 곳이나 합격했지만, 가정 여건상 서울로 진학할 수 없었다. 어쩔 수 없이 문학을 가까이하고, 직업도 보장받을 수 있는 강원대학교 사범대학교 국어교육과에 입학하였다. 그로 인하여 교육자의 길에 들어서게 되었다.

　문학이나 시는 사회에서도 역할을 해야 한다. 「누군가의 아픔은」과 「재난지원금」이란 시를 읽어 보자.

　　누군가의 아픔은
　　누군가의 별이 되기도 합니다.
　　아픔을 딛고 일어서기만 하면
　　누군가의 절망은
　　누군가의 희망이 되기도 합니다.
　　절망 앞에 무릎 꿇지만 않으면

<중략>
누군가에게 처한 어둠은
다른 누군가에게는 빛이 되기도 합니다.
　　　　　　－「누군가의 아픔은」일부

고된 삶에 지쳐
소주를 마셨다.

재난지원금으로
고기를 사 먹었다.

아이들이 말했다.
우리나라 좋은 나라라고

이 말을 들으며
목울대 뜨거워지던 사람이

어디 나뿐이랴.
어디 우리뿐이랴.
　　　　　　－「재난지원금」전문

문학이 추구해야 할 지평은 사회의 이상을 제시하는 것이라고 생각한다. 개인 독자에 울림을 주고, 그 울림이 모여 사회에도 영향을 주어야 한다. 그것이 시인들이 시를 쓰는 목표가 되어야 한다. 시가 개인의 정서에 머물고, 대학 도서관에나 머물러서는 안 된다. 시가 세상 밖으로 나와 사람들과 교류하고, 어울릴 때, 시는 새로운 생명을 얻게 된다. 그래서 시의 완성자는 시인이 아니라 독자라고 하는 것이 아닐까.

「누군가의 아픔은」에서 시인은 "누군가에게 처한 어둠은/ 다른 누군가에게는 빛이 되기도 합니다."를 읽은 독자 중 어려움에 처한 사람은 자신의 삶이 누군가에게 빛이 된다고 생각하면 삶의 어려움을 견딜 수 있는 힘이 생기게 될 것이다. 「재난지원금」은 코로나19로 아픈 현실을 표현하며, 문학이 나가야 할 방향을 보여주고 있다. 문학은 세상을 꼬집기도 해야 하고, 바른 시선을 보여주기도 해야 한다.

이제 최상만 시인은 가야 할 길을 알고 있다고 본다. 그런데 시인이 쓰는 글이 모두가 시가 되는 것이 아니다. 시라고 써 놓은 것이 시가 아닐 수도 있다. 시인은 시다운 시를 써야 한다. 시에서 형식도 필요하지만, 내용도 중요하다. 시적 형상화도 중요하고, 시의 주제 의식도 중요하다.

여기에 문학성을 높이는 작업은 시인 자신의 몫이라 할 수 있다. 다양한 경험과 발굴을 통해, 다양한 형식과 표현을 통해 감동을 주고, 울림을 줄 수 있는 시로 거듭나야 할 것이다.

생각만으로도 가슴속에
별이 되는 이름
지상의 언어로는
표현할 수 없는 그 이름
어머니
평생토록 정화수에
눈물 꽃 피우시더니
시간이 흘러도 애절한 그 마음
장독대 위에 남아
오가는 사람들
두 손 모으게 하네
　　　　　　　－「어머니」전문

　최상만 시인이 지금까지 머물던 시의 세계가 자연이라는 물상
즉 꽃이고, 풀이고, 나무이고 또한 그리움의 대상인 가족이고 당
신이고, 일상의 소소함이었다면 소재에 대한 갈증을 더 가져야
할 것으로 보인다. 자연과의 교감이 갖는 시상이 우리에게 친숙
함 주고 쉽게 다가갈 수 있지만 친숙함만으로 시 세계를 확장해
갈 수는 없다.
　시 세계의 지평을 넓혀 가는 것도 시인이 책무이며 풀어야 할
숙제일 것이다. 이제 시인의 새로운 세계에 대한 추구와 새로운
시적 표현을 위한 노력을 따라가 보는 것도 행복한 시 읽기가 될

것이다.

> 언제부턴가 일상이 되었다.
> 언제부턴가 함께 걸어야 했다.
> <중략>
> 함께 가는 것이 어디 사람뿐이랴.
> 함께 살아가야 할 것이 어디 코로나19뿐이랴.
> 　　　　　　　　　　 -「동행 2」일부

　최상만 시인의 시가 지금까지 그리움, 사랑, 자연, 교감, 소소한 일상에 머물렀다면 이제부터는 세상의 아픔을 돌아보며, 개인의 정서에서 탈피하여 더 큰 감성으로 나가야 할 것이다. 시적 표현의 아쉬움은 모든 시인이 갖는 아쉬움이겠지만 시적 표현에 대한 도전적이고 새로운 표현을 탐구해야 하는 것이 시인의 몫으로 보인다.
　이제 독자들은 앞으로 발전하고, 변화하는 최상만 시인의 시의 변주를 지켜보는 것도 시를 읽는 또 하나의 재미가 아닐까 생각해 본다.